Raperîna demsala min
Abdûrrahman Yildirim

AramHelbest

Edîtor:
Ertuş Bozkurt

Mîzanpaj:
Zafer Tûzûn

Daristina Bergê:
Yagmûr Kaya & Gulçîn Yilmaz

Wêneyê Bergê:
Ercan Altuntaş

Çap:
Tebax 2020

Çap û Berg:
Berdan Matbaacılık
Davutpaşa Caddesi Güven San. Sitesi C Blok **No:** 215/216
Topkapı/Zeytinburnu/ İSTANBUL
Serfitika No: 45750
Tel: 0 (212) 613 11 12

ISBN: 978-605-293-026-7

Aram Basım Reklam ve Yayıncılık
Adres: Aram Basım Reklam ve Yayıncılık San. Tic. Ltd. Şti. Kooperatifler Mah.
Yeni Sok Elit Plaza Kat 5 No 14 Yenişehir / Diyarbakır
Tel: 0 (552) 750 55 21
email: aramyayin@yahoo.com.tr

Raperîna demsala min

Abdûrrahman Yildirim

AramHelbest

Derbarê nivîskar de;

Nivîskar ji ber cezaya muebetê ev 26 sal in di girtîgehê de ye. Nivîskar heya niha di gelek girtîgehên Tirkiyeyê de ma. Nivîskar niha jî li Girtîgeha Tîpa T a Şakrana Alîaga ya Îzmirê tê girtin. Yek ji girtiyên nexweş e. Ev pirtûk, yekemîn pirtûka helbestan a nivîskar e.

Naverok

Ji bo pakrewanên

ji hêla rejima

Îranê ve hatine

darvekirin

Raperîna demsala min

"*Peymana yekem
Wiha :
Madem ku em çêlikê xwezayê ne
Her jî yek
Û madem ku dawî mirin e
Di jiyana her diyarî de
Werin
Em bi hev re
Û ji hev re bikin armanc
Çandina tovên bextewariyê
Li heft cihana reben
Gulên heft rengî bixemilînin"

Jêderkek ji pirtûka mîrovahî

1-

Ji çar demsalan
Ewilê bihara çavbihuşt
A ku bêhejmar avzem ji ber diçe
Rahişt destmala sergovendêdar û daristan

Û

Gul û kulilk bişkivin

Û

hêvî û hez perçifin

ji feleka ferîştah

rehm reşand ji dava xwe

xweziya ditinê ye hêj ji

ma nazeniniya spîndaran

dê çawa qam nerevandana

lê nizanim ji ber çi

felek" çewt zivirî

li ser pepûkiya min

Û mirazê min

Kopê xwe

Gindirand... mindirand

Ma dê kî bikeniya

Di rûyê demsala min de

kî

çarenûsek qerase bexşine

ji zarokên min re

Lê

Ma êdî serê hikma bi efsûn

Hêç dihat zevtê

Welhasil û kelam

Rehm li dê û bavên guhdaran

Bi gotina kevnaran

Di malzeroka civaka nûdem de

pêşeroja benî û adem welidî

ji qêrîna zayina dawî jî

çîroka çarwikan dest pê kir

WİHA :

Ewilê

Ji pêvçûna roj û ezman

stêrkek biriqand tariyê

Ji me re got

stran û melodiya çar demsalan

Ev şerê me çend sal e

Tola xweza li erdê nabe

Ev bar e bar e bar e

Ji jin û mêr re soz e

2-

Çîroka

Bihara pêşîn û havîna pêşîn bû

û

Cotek evdê xwedê

Hine li destê

Ferek "evîn"

An ji

Gorî lugata rebê alem

destpêka heyama cenebetî

ya m îrovahî

(...)

Hawa :

Ey ademcan!

Min ava bextewariyê vexwar

Li gel ber serê te

Bûm canika te

Tu jî dildarê ber dile min ...

Adem :

Ey hawacan!

Derketim ser lûtkeya evînê

Ya bi heybet e

Ligel te bi wate ye jiyan

Ez hebûna te ya ebed lewre
Tu jî gula dilistana min ...
Hawa :
Tu bihuşta min
Ez horiya te ya yekto ...

Adem :
bê te cinnet
bila ji min re bibe dojeh...

Hawa:
bihuşt gulazer e qurban
têri hemû şerafyariyên
mexluqatan dike...
Adem :
Tenê
Bila kêm be ji me
Şûr û mertal ...

Hawa :
Bila kêm be ji me
Şer û pevçûn...

Adem :

Bila xwe li me nepêçe

Bayê çêrê û nifirê

(...)

3-

Çîroka

Havîna pêşîn û payiza pêşîn

Û

Heman du insan

Û kengî xirabû gelo

şûra evînê

Û kengî

eliqî ma evîna bisêr

di stuyê gerdûna nûwelidî de

Kî

Niha

Li dû gunehiya cane

dê porê diya xwe spî bike?

Bersiv?

(...)

(Roja lanetiya nepen)

(...)

Adem:

Lê lê Hawayê!

Tu tenê ji parsûyê min

Perçeyek î

Qewreşa min î tenê lêêê!

Hawa :

Lo lo Ademo

Ev gotinên bizelzelî çima?

Ka te digot evîn e pîroz e!

Adem:

Pordirêjê û aqilkêmê

ma te çi zû ji bîr kir

gotinên min bi bask in difirin ...

Hawa :

Ka

Me di dahatûya xwe de

Eşqek semyanî razandibû ...

Adem:

Gotin û evîn

Bûn pêl

Diherikin

Li ser çem û rûbaran

Hawa :

Ka

Ez û tu

Em ê di arazûya xwe de

pîr û kalbûna...

Adem :

Guneha yekem

Di gezkirina sêvê de veşartibû

Ew ji para te bû

Êdî

Tu

Heta ebedê

Sûcdar î

Evîn bijon î...

Hawa :

Hawar!

Li min hawar!

Roja rûreşan e îro qey

Çima min dehf didin

Ber bi zeryaya bêbinî ve ...

Adem:

Ez pederşahê sîng û berê te ...

Hawa :

Îro Xwedê da te
lê
Ez ê jî vejim
ji ariya xwe ...
(...)

4-

Çîroka
Payiza pêşin û zivistana pêşin
û
Ji heman malbatê
Du birayên ji ewilan
û
destpêka şano ya civaka ademîzad
ew jî

WİHA :

Şer şer e şer e
Çi îro çi sibê ye
Çi jin û mêr e derd e

Şer şer e şer şer e
Çi îro çi sibê ye
hêstir e û bêbext e

Şer şer e şer şer e
Çi îro çi sibê ye
Ji qirnan re leul û derd e

(Riwayet yek)
Bi gotina pîra eyşokê
Ew roj
Rojeke j îrojên bibextî bû
Wext wextê dahn û nîskan bû
Û
Tikî tenê
du bira hebû li ser dika qederê
ji hev bûn dij hev bûn
li ser axê bûn

(Rîwayet du)
Îcar beriya ew rojê
Bi gotina pîra eyşoka pêr
Dê rojek bê
Li ser erdnîgariya her -raz- rengan

Dê du bira hebin
Ji malbata bihara pêşîn ango
Wext
belkî bi qasî çend gavan
dûrê Sodom û Gomor

(Riwayet sê)
Îcar beriya beriya wê rojê
Bi gotina pîra Eyşoka pitir
dê rojek bê
li ser erdnigariya her - raz - rengan
Dê du bira hebin
Ji malbata bihara pêşîn ango
Ewsane li dar e
Ger bi gotinên zexelî bişkê
Pişta jiyana rojin
Wext
Belkî
Bi qasê çend bihostan
nêzî çanda oedîpus

(Nas în)
Du bira
yekî ji wan

pişta xwe dabu çiyê berz û çiyayî
destê xwe dabu ser rijqa
bax û bostanan
bi esl û xas bû
ne xwezginiyê wextê
hevalê ji mêjin
lewra
dabu dû keda pîroz
lawê Adem û Hawayê

(Nas in)
Du bira
Yek ji wan
Pişta xwe dabû çol û beriyan
Ne ku weledi zinatî bû
Lê
Beredayi hesibandibû keda pîroz
Û
Dabû dû şopa biyanîyên zexer
lawê Adem û Hawayê
du gunehkarên qedim
ji tolê an ji torê
Çima
Dawiya d îrojeke j îrojên hêja de

Li hev dan ...
Pevçûn ...
Him jî dijwar
Û çi şerm
Xwe hetikandin
Ji "betalîyê" mîstin ava ab û heyatê
Herimandin bi vî awayî
Newala jînê

Guneh li stuyê ayet û ewliyayan
dibêjin "şeytanê kor"
ji kêfa zikopişto bûye
li ser halê wan
ma wê çima nebe
Di çalekiya xwe ya duyem de jî
Bi ser ketibû lewre
Hawayê bi sêvekê xapandibû
Ademî ber bayê kompleksa
parsûyê xistibû

Niha ji birayan
Ji hev diran disûtin ligel hev
Ji dem salariyan
Belkî dibûn dijminê heft nifşan

Sala malê û bavan dikirin ardû
Ji d îroka qunde re

Taliyê talî
Tovên trajedî hebû
Bi xwîna hev şîn kirin

Taliyê talî
Belkî jî
Sewa xatirê birayên bêyom
Dê zeûşê qebrax bazdana
Ser diya xwe ji

Du bira
D îrojekî zemherî de
Şiyar bûn ji xewna kabûs
sorî rapêş kiribû herdu çavên wan
bûn çavsorên yekta niha
"zagona pîrozî hilweşandin
Li ser çarenûsên hemnifşên xwe de

Dîroka bexşdar bû zelûl
Jiyana dilovan çû ava
Zilm hat ji dêvela rojên kamiranî

Êdî dewran di qalikê xwe de dimir
Ku çarenûs ji pişta zelulan diket

Ewrên têr - rehm dibûn hêstir carnan
Ji ber vê dimenê çend hezar sal e
Dilop bi dilop dinûqutin
Li ser birînên dîroka min

WATE:
Xweza şerm dikir
herî dawî belkî
ji zarokên xwe

Dizanim
Ev geştiya ji m îrovahî
Bi xwîna du birayan
Nasekine
Û
Bi gezkîrinekî sevê
Naxeniqe gewriya dîroka min

An wê
nîgora reş
li ser emrê min hilweşwe

An wê
Lawê mencê biçe qezencê
Kijan?

Ger
Vê bêgotin bêyî rastîyan
Trajediya du birayan
Ger
Bête nivisandin bêyê hibir
Çand û dîroka du birayan
Dê xelat bimîne jîyana dahatû
Hinekî şerokî
hinekî v îrokî
hinekî çêrokî
xela nemanê
çi ye ji bilî vê ya
hêj hêjayî hişyarîyê ye ji bîr nekin
daxînin tembûrika derewkaran
lê bitirsin
rengê spî ye
masûm masûm mêze nake carnan
baldarî
Û wext
Di rêwitiya min de

Li min nabe bext

Û

Demsa nizûriya zilman qebul nakim

Li ser eniya xwe

Û li ser dîroka xwe

Min

Serê xwe dani

Ser dawa diya xwe

Çûka titêlanî xwend

Ji dêvela kund ve

Li ser bextê min

Li min pîroz be bila

Hogirtiya hechecikên dilbizêr

Û

Hevaltiya xalxalokan

Bidomin

Fermo

5-

Û niha jî

Gulistan dayikan

Û

Sê teloq

Evd

Evîn
Û
ewrarî
Disa
Bihar hat
Pişti zivistanek bêbav
Dijwar
Xezeb
Har
Pariyek xembar
Hinek xemgin
Têr kezebsot
Deng
Dengê canê canê bû
“ez ê vêjim
Ji hilma demsala azad!”
Ji dem
Ji demên dûûûrr
Ji xewnek dilbievdal şiyar e
Keser diverişê
Nexêr hinek fediyokî ye
Û piçek tirsokî
Li ser guliyên wê
Yên zaroki û gewrokî

Xwina du birayan
Hêj ji
Ji qerînên mirî
Notayên eril simbêl badida
Lewre
Axina mokan
Ketibu ber şûran

Dilorînim
Di guhê ezman de
kî dilîze
li ber dilê evîntiyan de
haydêêêê
Kesk e
Evînê tîne
Zer e
Baweriyê tîne
Gewr e
Zelaltiyê tîne
Mor e
Dilgermiyê tîne
Spî ye
Aşitiyê tîne
sor e

azadiyê tîne

şîn e

dilzîztiyê tîne

heft reng e

keskesor e

ango

bûka baranê ye

6-

Û ez

Rêwiyek şopî kevn im

Dimeşim

Di rêça xwedawendên bextronî de

Dimrim

Nizanim

kî min ezimandiye îro

diçim ... lez û bez

tika ye ev

belkî jî daxwaza dawi

li min hay bin

nebû

stîlek ava xwendî birjinin

li dû min

da ku

bi xwe re bînim belkî
dermanek ji destê hekîman
ji dil û çavên
bendewarên birinbikaran re
Kê
Li agirê p îrozdar
Navê naletê danî
mîna yê dojehê
bi nav kir?
Kê
Kirasê mirinê
Ya ji ç îroka hebû û tunebûnê
Li welatê min kir?
Kê
Li ser dergûşa min
                Sê sed û şêst rojan
                lorîna kundan xwend?
Kê
berfejîn da ber kevirên recmê
heland
bi agirê nêr û neyartîyê?
Û kê
Berfemêr hilbijart
Tekane xwediyê zivistanê

Û zarok civandin li darê
Bi mexseda listekê

Kê
Bi nod û neh derban
ÎŞTAR kuşt
Li çêpela çiyayên bi mij
Di rîtuela xwe de
tecawizî ÎNANNAYÊ kir
lê
ANAHÎTA
Lê
KYBELE
Lê
VENÛS
Niha
Dê kî li dû meytên nirxên min
Fatihayêk bixwîne roja înê
Bi mabesta
Tesediqa serê sêwiyan
Tu
Heywa dûşiz
Dê bixwinî
Ne?

(...)

Kê
Ehdê kalekî
lîstoka tifolekî
lorîna dayîkekê
mirazê geşengekî
xeyalê delalekî
giyana welatekî
hişmendiya gelekî
di çala temûyê de
wend kir?

7-
Û
Fecir berneavêt
Wekî mîsala
Fersend ev fersend e
Zikopişto bû
Li panteona xwe Marduk
Yê xwedî bi navê dayıkkuşt
Di qata jor a zîguratê de
Fermana qetla belengazan
Weşand

Jan j îrondikan bêpar hişt

Qedexe kir

Li mam û kokiman

Li qîz û xortan

Li kow û kubaran

Li çarenûs zêde kir

Bêdengî

Bêferyadî

Û

bêfîganî

Angaşt

kî dibêje rondik lome ye

na

ne ji lava ye

nîşan û nîrxa serhildanê ye

pirî caran

çima

ji bo jinên diwelidînin

girî qedexe ye

bersiv (...)

niqaş beleş e

fermo

Û

Çima hemû evinên mezin
Çav li axa sar in
Belengaz in
Pepûk in
Mirad li wan heram e
Miraz ji bilî niqaşên rengareng
Ne tu tişt e
Çima û
zêrandî bi zêrandî bi dawî ye
her dem
dilê
qîz û xortan
evîn û evîndaran
Û
Çima
Cilên bitarîn li wan dikin
Li ber qedandina evînê
dîsa bi destê evinê
him jî bi wateyek pîroz
Çima
Ahmedê Xaniyê kurdan
Mem û zîna xwe
Fîrdewsiyê gelerî
Mecnûn û Leyla xwe

Shekespeorê ingilizan
Romeo û Julîeta xwe
Van lêhengên çeleng û bedew
Bask şikestî hîştîne
Li wan xwedî derneketîne
Felek li dora wan çep zivirandine
Ji bekoyan re çav şikandine
Nexwe
Bawerî bi evînê tune ye
Niviskar
Di heman katê de
Xedar e
Û
Çavnebar e
Û
Hesûd e
Ey Marduk!
Ne ebebozên qewmê te
Ey birayê dest bi xwîn!
Ne xwina birayê te
Ey Adem!
Ne kompleksa te
Nikarin bibin kefaret
Her yek wekî dîyarî

Ji xewnên min re
Destûr nadim vê koletiyê
Û lewtiyê
Kes nikare dest bavêje
Wa aşopên min
Xeyalên min
Rengên min
Xal

8-

Çend caran weşandin
Pelên dîroka min
Kuştin pîroziya berhemdariya min
Ji rojên min ên bêguneh
Çend caran filitîm ji şevên qebsayî
Ji yên bi qot navê mişextî
Tirs ji koftiya xwe şerm kir
Meşiyam
Di rê û rojên ximamî de
Tikî tenê
Di her dem û danên dijwar de
Yekane û cancane
Nêvîyek ji xesil brohîm
Dildrarê heqîqetê

Yekane û cancane
Di karwana Kawayê Hesînkar de
Meşaleyek " herne pêş " im
Di her serhildanên Newrozê de
Azadiyê digerim ji bindestan re
Yekane û cancane
Di Awestaya ewrar de
Jiyanek merûn
Mizginiya xelasiyê didin
Yek caran jî
Di Keleha Dimdimê de
Xanoyê Çengzêr im
Deng didim pakrewan peqrewan
Mirin ê dikim qeşmer
Ji roja qiyametê re
Kefen e
Axa sar jê çêtir e
Nûpelek ter û ciwan im
Ji warê zinar û lat
Rûstemê Zal im
Min
Di mezrên xwe de
Xwedî kir jiyana bimazî
Çarkoşe

Bi kendalên pehnî parast
Hêvîya jinê bi loş û bedêl
Carnan kuliyan ... ketim jî
Netirsiyam yek caran
Li ber bavê zilman
Li ber Skendrê Mezin jî
Şikir
Ji şîr û şîretên dem û sala min
Nanê bi nîmet daneynî
Ber sofraya min
Xizaniye gotin
Hêjarî li pêy ye gotin
Ne gilîdarim
Ne jî int dikim
Ji axa xwe
Ez
Bi Dîcleyê
Şox û zelal im
Bi Feradê
Şeng û heval im
Bi Hêzilê
Serberz û serhildêr im
Şikir
Ji şir û şîretên dayika min

Min çiqas xweş xemiland

Bi agir û rojê

Şikir

Birayê gelên Anatolî

Kirivê ava Şetl û Erebê

Şikir

Ji deşta Mezopotamya

Maniyê gerok

Li aşitiyê digerim

Bajar bi bajar

Ji xwîna eşira Ramandî

Şurê xelasî yê Selahaddin î Eyûbî

Li rizgariyê digerim

Welat bi welat

Şikir

Di êrişên Sezorê Rom de

Can û dostê palmyra

Li aramiyê digerim

War bi war

Di şer û cenga hendekê

Û Ûhûdê de

Heval û cengawerê Hz. Muhammed

Li biratiyê digerim

Di meş û bihuriya qulzimê de

Dost û alîvanê Hz. Musa
Li warên azad digerim
Di her mixên çarmixê de
Janpar û dozporê Hz. Îsa
Li heqîqeta wenda digerim
Carnan mozûvan
Carnan mêvanver
Li xwe digerim her caran
Di qaqilê xwe de dijîm

Carnan
Rojên bi aram
Carnan
Rojên bi dijwar berneda paş bextreşîya min
Şikir
Min herdu çavên xwe derxist
bêyî dudilî
kir taştê belkî her sibe
ji ajalên dirinde re
qet
qurtek av
parîyek nan danket ji gewriya min
ji porê sêwî û êtîman
Şikir

çîyayî me

hêjayî bîrhatinê

a li ser şerbêrkê dilan im

9-

Û diçim

kî tê ligel min

Paytexta Medan

Wa ye

Roj tîn û tîrêja xwe daye

Serdeşt û çîyayên Hemedan

wekî her dem

cıvata giranbihayan ezimandiye

li dergeha xwe

Kalê kurdan, Baba Tahirê Hemedan e

Li bin bixêriyê rûniştiye

Şevbêrk li dor e wekî her gav

Lez bikin şev giran e

Bendê ye çav li rê ye

Bibin mêvanê wî

Guh bidin helbesta dilan

"delal her du çavên min

Qesra te ne

Nav her du çavên min
Cihên pîyên te ne
Ditirsim tu bi xafil
Gav biavêje
Û bi mijangên min
Biêşin piyên te"
Diçim
Kî tê ligel min
Ji lutkeya Zaxrosan daketiye
Li zozanê Berçelanê bêhn daye
Bêteqet maye
Û
Xwe spartîye şikefteke tarî
Melayê Batê ye
Wext tune
Sebr nema
Di çenga wî de
Helbesta nesrînê
Hêj roj nedîtîne
Ristên wî
Û
Ji me re wesiyet e
Ferman e
Divê bêhilm nemine

Niqaş û bêjeyên seydayê min
Jixwe
Qeşo pêçaye laşê wî
zemherîye
jan dikşîne welatê min
seydayê min birindar e

Diçim
Ji zozanê Berçelanê peya dibim
Li tofana Qesra Şîrînê
birîndar dikevim
Ne xem e
Gula dozê me
Li çar demsalên welatê xwe vedibim
Lê derbên mirinê
Û bêîman bûn
Du perçe kirin
Canê welatê min
- De were nebihece
Hin qebrax dibêjin qeder e
Emrê Yezdan e
Ez ê... di... neyse ...
Yek ji wan
Yadîgarê cewrikên asenayê bû
Yek ji wan

Îxaneta xwarzîyan bû
Li hev civiyabûn li Newala Bikartê
Mîrê kurdan pê hesiyabû
Netirsiyabû ji mirinê
"ez tasek ava welatê xwe
bi hemû Împaratorîyan naguherim
Û neguhert tu carî
Bila
Di her banga dîkan de
Pişta serê min
Li ser axa min be
Xewnên min
Sê reng bin
BES
Bila
Yek kesk be
Bila
Yek sor be
Xwîn bide
Bila
Yek zer be
gîyan bide
Kesk e
Sembola xwezaya min e

Wekî gulpikek rengxweş e
dixemlîne Medya asoyên min
Wekî reyhanek bêhnxweş e
dihelîne dilê min ê ciwanî
Sor e
Sembola agirê dilê min e
Ku
Pepûkî hawarand berbangeke min
Fihêl dike sibeha min
Zer e
Sembola gîyana min e
Ezîzê /a ber dilê evîndaran e
Gula geşkokî radike reqsê
Ji bo xatirê evinên kuldijî
Diçim
Kî tê ligel min
"Feqîyê Teyran pir bêhal e"
Dibêje mam Aramê gorbihuşt
Şagirtê Feqî me
Zaf bêhedur im
Çîya çendek
Deşt gavek
Bahr bêhnek dikim
Yek bi yek

Ristên helbestên xwe
Radikim raperînê
Lez bi lez
Derdikevim pêşberî Feqîyê xwe
Çarmerkî rûniştiye
Bi serê bavê min
eynî wekî wî rûniştiye
xatir dixwaze
derd kişandiye
bi gazince e
mafdar e
heta qirikê

Dîsa
Xwîn diherike
Ji rahên welatê min
Serê min bişkê
Feqiyê kurdan
Zarşêrînê kurdan
Çend gotin dibêje
Giştik yên dawîne
Giştik şîret in
Giştik lome ne

Piştre
Çîroka Zembilf îroş!

Feqiyê min ê birûmet
Mamosteyê mezin
Dizanî ne
Piştî çûyina te
Hemû helbest sêwî man
Serî li erdê man
Nîgarên piştî te
Perîşan perîşan dinalin
Haa feqiyê min
Haya te heye gelo
Teyr jî çûn
Qefle bi qefle
Ji kerban
Bi ewr û ezmanan ketin
Li bilbilê xwe digerin
Diçim
Li Medresa Sor bang heye
Dengê Melayê Cizîrî ye
Axîn bi axîn
Li ber serê belengaz
Çok danîye

Rûyê destê wî
Li ser tahtika Feqî
Helbesta wî dixwîne
Ji şagirtên wî
“Ê derbas bin rojên xefûr
Ê bên rojên qenc û kibir
Xwe re bikin ro û tevdir
Hêsîr nebin ber zilma mirin”

Dilgên dilgirêdayî ne dinûqutin
Ser axa wî
Ji çavên şagirtan
Û
Ji çavên min
Mikur :
Bigrî melayê min bigrî!
Mixabin
Tolazekî
Çendek berê
Di bin ala dagikeran de
Dixwend
Berhema te ya bi navê
“dil j imin bir “
Bigrî melayê min bigrî!

Hin kes dibêjin
"bazara zimanê kurdî
    Hêj jî kesat e"
Bigrî melayê min bigrî!
Stuyê min bişkê!
Bi çi heqî
Gor li melayê min
Teng dikin
Mekin
Heyf e
Guneh e
Şerm e
Beeeeesss eee
Diçim
Kî tê ligel min
Dîsa li hev civiyane
Gur û roviyên destbira
Taya mirinê avêtîne ser
Dest û nigên serhildana min
Bêçareye Glîdax
Bi kerb e Sîpan
Hembêz bikin
Rê bidin
Ji serhildana Mahabada kurdan

Dengê Biradostîyan
Kêm nabe çil roj û çil şevan
Konê şînê vedan
Pîr û kalê heftan
Bila tenê
Sirûda xwe bixwîne Dildar
“kes nebê kurd dimirin
Kes nebê kurd dimirin
Kurd jîn dibin...”
10-
Û
Sekn ji min re heram e
Nivişta reşê girêdane
Li lêvê
Bêhna xwîna barbaran tê
Pozê min
Rojan dijmêrin
Li ber derîyê hucreyê
Ya Mahmudê Berzencî
Deh...neh...heşt...heft ...şeş...
Diçim
Û
Li ser sînga welatê min
Kelexuran snîgê hov daqutandin

Erd ker e
Ezman kor e
Bayê bakur xemsar e
Û
Wekî berê tofanan ranake
Bi sê telaqên bêfût we
Xem û xîreta " bi gewher "
Li bejn û bala min
Xwe nepêça tu carî
Di bin axa sor de
Pîrozwariya çend mitroyan
Li min bimbarek be
Şiffûtazî bûn
Sekn ji min re heram e
Kindira ecelê avêtîne
Stuyê Qazî Mihemed
Wan sêdarên kambax
Dişewitînim li Çarçirayê
Roja 31 ê Adarê
Diyarî şehidan dikim
Serê heft çiyayan ditewînim
Li ber gotinê Qaziyê xwe
" Ez nereviyam
Welatê xwe bêxwedî nehiştim

Divê hûn heyfa min

hilînin>>

Diçim

Ji bo heyfê

Sekn ji min re heram e

Şîrîna kurdan

Canika dilan dibêje

"ji celadekî efû

    û merhamet naxwazim"

Leyla Qasim e

Rûmeta jiyanê ye

Bi qilêş û rext û sermilk e

Çend gotinên bitol hene

Di dawiya xêliya wê de

Giş yên dozê ne

Diçim

Li "keleha zilmê "

Baxdaya xopan dişewitînim

Yekser

Orta eniya Leylaya xwe

Radimûsim

Û wê

Mêvanê Ameda delal dikim

Diçim

Ber bi çiyayê Çewlikê ve
Çi bibînim
Telî Xanim
Û Yado ketîne kemînê
Li ber xwe didin
Ev sê roj û sê şev in pêvdiçin
Lê fîşek qediyaye hal yeman e
Xelasiyê qidum li xwe şikandiye
Dengê Têlî Xanim tê
"yado, min bikuje!
Bila ez sax nekevim destê dijmin!"
Yado yê Gernewas ê
Qetla segbavan xistiye stuyê xwe
Dê niha çawa bikuje hevjina xwe
"ez nikarim" dibêje
"can şêrin e yado, mixabin
Ez bi xwe nikarim
Lê belê ger tu nekî
Her çawa dibe ez ê bi xwe bikim"
Yado bêçare ye
Cara dawiyê
Hevsera xwe hembêz dike
Yado deng bi sîlehê dixe!
Dengê serbazê romî tê!

"yado teslim bibe!"
Yado dîn dibe
Har dibe û diqêre
"li nav axa min
Tu radibî
Ji min re dibêjî teslim bibe
Û him jî
Li ber serê cendekê Têlî Xanım"
Yadoyê fermandarê serhildanê
Radibe ser piyan
Bi dehan fîşek
Lê dibin mêvan
Xwîna Yado û Têlî Xanim
Tevlî hev dibin
Çavên min birijin!
Meryem Xan e
Bilbila dilan e
Li keleha Hewlêrê
Lawikek dixwîne
Li ser Yado
Û Têlî Xanim
Ji çiyayê Şerefedînê
Heta Simbilê
Rabûn ser piyan

D îroja cengê de
Raperîne
Qîz û ciwanan
Diçim

Diçim
Naaa! nexêr!
Naçim
Wêrekiya min qim nake biçim
Ser pira Malabadê
Tika diki, lome dikim
Lava ji bextwêran re
Hûnê icar herin
Ji dêvela min
Fedakarî bikin ji bo evdan
Xêr e ji bo fêrazadan
Ezizan
Qesem navê Xwedê
Ger ez biçim Sasona Xerzanê
Ez ê bidim dû *Rindêxanê *
Li bende ye
çîroka wê wiha ye:
*Rindêxan *
Keça Mihamedê Eliyê Ûnis e

Zaf bedew e
Di dema serhildanê de
Dil dikeve
Fermandarê romî
Doza tecawizê lê dike
Ji bo namûsa xwe biparize
Xwe ji pira Malabadê davêje
Çemê Elihê
Beriya xwe bavêje
Van gotinên hêja dibêje:
“Ez im
        rinda Rindêxan
keça mîr û axayê çiyayan
Rindê bûye namdar
Ez dimrim
Birîndar û bêzar
Teslîm nabim destê neyar
Û naçim bêar!”
lorî lorî
Rinda kurda lorî
lorî lorî
berxa min lorî

Bi serê Rindêxan

Tu cari ji bîr nakim

Geliyê Zîlan

Hinek ji wan nigdirêj bûn

Yên din zexelên Napolyon

Sê meh sax li ser

Seyidxan û Elîcanê min

Mirin rijandin

Talan kirin

Wêran kirin

Ligel neviyê Elî Osman bûn

Di germahîya

Viza viza gulan de

Bawijka roja germê

Hênik nekir rûyê welayê min

Wax

Wax li minê!

Ez bimrim

Ey nizanim çi kes no!

Ey nizanim çi quzilkurtno!

Çima

Ji kurdan re tenê

Ewqas

Serê we disincire looo!

Maşalê
Nifirên diya min
Bibin belayê serê we
“me bi derew û fenên we
serî dernexist
ev ji me re bû kul!
lê me jî li hember we
çok daneynî
bila ev jî
ji we re bibe kul!”
Pîr Seyîd Riza

21’ê Adara 2010
Zindana Boluyê

Ava arazûyê

Dem
Dema şevreşê bû
Kenek bisêr ronî kir şev
Ji sterkên bendîwer
Nifşa talê welidî
Berbanga mizginîyê avêt

Avêt

Ji ser milê çarenûsa xwe
Xewnên bidilkor
Yek bi yek
Li gerdûna Mazluman
Bi destê heyva gelawejê
Mahra xelasiyê birin
Bi dahatuyek rengîn
Agirê raperînê geş bû
Erd û ezman qêrîyan
Birq û birûsk bariyan
Li ser serê cendan
Û bedenê bêyomiyan

Bêyomiyan

Bi pêta agirê Newrozê
koçî qesra mehşerê kirin

Û çi ecêb!
Sê telaqên pira salatê jî
Li wan nehatin rehmê

Rehm

Dikare
Her demsala xwe
Li xemla gediyan bipêçe êdî

Êdî

Xwelî û nifir
Li ser gorê keysbozan tê xwendîn
xwezî û pesn
mimbarek be
li stembaran

Û

Ji vê sewdarê
Bêhnek gul in
Ji dilxweziyan
Evinek dîrokî ye
Welatek li mila ye
Kerwan kerwan can û gorî tên

Tên

Li pişta wan
Biratiyek janjiyî
Dimeşin
Carna bêper û bask in
Difirin
Ber bi dayika xwe
Ya xwedî çar dilî ve
Diherikin
Û
Sê reng in
çîçeka armancê ne
vedibin
di bîbija welat de şin dibin

Şîn dibin

Di her dorên man û nemanê de
Bi şûra edaleta qewîn
Dimrin
Dikujin
Bo bînin azadîyê

Azadiyê

Dispêrin
Di hembêza deşt û çiyan de
Vedişêrin
Da ku binivisînin serfirazî
Li ser nivişta zarokan

Zarokan

Wekî gul û beybûn hesibandin
Li bexça berçelanê
Di bin sîya bûka baranê de
Û
Merasima tîna rojê
Her yek kirin nixwiyê welat

Welat

Qalikê xwe nû kir
Û
Çar dil ketin govendê
Û
Milyonan
Ji gulberojê tîn û tirêj anin
Û
dawî anin
li emrê şîndarokan
Û
Bi meşa zarokên serbilind
Û
Bi tiliya şox û şengiya dayikan
Geş kirin dîlan
Di daweta serkeftinê de
Û
Tu carî
Li ber devê qenareyê ji
Xwe
Neavêtin ber bextê zorkaran

Zorkaran

Li sûkên xopan
Kirin qeşmer
Di daweta dînan de
Dinan jî
Li qadên beradayê
Bi xumexuma dahol û zûrne
A gewendeya
Qeşmerê zorkaran kirin

Kirin

Od û wod ji xwe re

Bila rojên parkiri nebinin

Dayik

ji wê bawerîyê

şîn kirin gulîzara welatê xwe

bi gulên şiyanî

Şiyanî

Û giyanî
Dan dû hev
Rêz bi rêz
Bûn yekta
Di dawa dayika xwe de
Raketin
Di xewnên xwe de ji
Can û canan anîn
Ji Ahmerdê XanÎ

Ehmedê Xanî

Bû şahid
Ji Mahabadê heta Amedê
Ji Hewlêrê heta Qamişloyê
Deşt kirin berbûk
Çiya kirin p îrozava
Xwe kirin keleh
Ava arazûyê qurtandin
Li ser mirazê Mem û Zînê

Mem û Zîn

Dilbizêr
Negihiştin mirazê xwe
Ji zindanan xistin evînê
Ji bo nebe dûbare
Aqubeta wan
Dayik
Navikê zodên xwe davêjin
Ber deriyê
Mûnzûr
Andok
Besta
Ararat
Qendîl

1'ê Hezîrana 2010
Zindana Boluyê

Axir

Axir
Mizginiyê da stêrka hêvidar
Babilisk rabû govenda şadê
Li dora zebaniyên gerdunê

Biji! dîlana sewdaran
Şabaş! bergên birengin li evindaran

Dengê qêrinê ji zayina nû
Derzand pira solotê

dembaş

Ling
Li ser pêlikên dahatûyê
digovîne
dibe hêvî ji insanên nû re
dicivîne çîçekên heft dinyayê
li dora dema “çîmrût “ an

bi reqsa nazeniniya heyvê
deriyên bi bereket vedibin
dem - sal - ên hışkesayî mayî re

Xêr û xelat ji ewsaneyan
Teyra zumrut ango şiyar dibe
Ji ava inenê
Ji bona berdêla roja nû

Rêça dûr
Bi tasek ava xwendî
Hênik dike
Hêlekela pênc hezar salan
Hercar dembaş

Kê gotiye
Çarenûsek bisewz nawelide
Di qoqilê Mezopotamyayê de
Kê gotiye
Arafa hebûn û nebûnê
Hilmek e
nîv gav e
çare tune ye kê gotiye
Tofan çi ye gelo
lanetiya bi devê rîwayetan çima?

Îro

Bi qewlê gotina bi kurdî

"kopo xwe wisa avêt "

Li gulîzera Ahmedê Xanî

Darên bixwezî qam avêt

Bi pelên zêrîn xemilî

Evina Binevşa Narin

Û Cembeliyê lewend

Bi ehda nîgarên berxwedêrî

Bi baweriya stranên gelêrî

"dil dixwaze here cengê"

Tilili! tilili! tilili '

kî şervan e ki şervan e!

Delîla şervan e Beritan şervan e

Tilili! tilili! tilili!

Ki şervan e ki şervan e!

Şoreş şervan e Mazlum şervan e

21'ê Adara 2011
Zindana Boluyê

Kengî ku

Kengî ku
Binê agirê binifir vemirandin
Him jî bi heftê zimanî
kengî ku
ji dêvela kund ve
çûka tîtêlanî xwend
li ser mirazê Mem û Zîn'an
dê ewçax were belkî
kevoka Nuh a wenda

1'ê Îlona 2010
Zindana Boluyê

Heqîqata Nîsanê

Li bajarê pêxemberan
Dayika Ûveyş
Xweziya pênç hezar salan şuşt
dîrok gula hêviyê reqs da
di dilana me da

di rojeke şilfutarî de
çarê şevê bû
nîsanê qêrîya
de rê bidin heqîqeta min

heqîqeta nîsanê
carnan agirê Mazlum Doxan bû
li birca Amedê
BERXWEDAN JÎYAN E nivîsî

heqîqeta nîsanê

carnan tifinga Egid bû

RÊÇA SERKEFTINÊ roni kir

heqîqeta Nîsanê

carnan ji dîroka kevneşop bû

ÇANDA XWEDAWENDAN şîn kir

Li baxçeyê jîyanê

4'ê Nisana 2010
Zindana Boluyê

Zîlan im

Zîlan im
Ji zendên Anahittayê
Qesra xwedawendan
Bihara evindaran
Havîna palehiyan
Payiza cotkaran
Zivistana bêkesan
wekî bayê gizgizê
hênik dikim dilê şewat
bi sê rengan vedibim
kesk diwelidim
sor dijîm
zer dimrim

30'ê Hezîranê
Zindana Boluyê

Zekîye Alkan

Zekîye
Gula Newrozê
Newroza baxçeyê xwedawendan
Rengê agirê serhildanê pêça
Di wêneya dîroka mazluman de
Bi reqsa nazenin cangor Leyla Qasım
Navê te bû zaroka agir û rojê

Zekîye
Navê jiyanê
Ji bona tolê
Kir od û wad
Xwe xemiland dîlanê newrozê
Ji hêlîna xwe şiyar kir welat
Zumrud û Anka bask vekir roja azadiyê

21'ê Adara 2011
Zindana Boluyê

Peymana mezin

1-

Wexta ku
Ji lutkeya Cudî
mizgîniya roja ewrar da
kevoka spi ya Nuh
Conik û conêr wergirtin
Destmala sergovendê
Ji destê dîroka ûcaxkor
Dor bi dor
Avzema ava abû heyatê herikî
Ji gerwanên ehla quwsî
pêl bi pêl
erd û ezman
nod û neh deriyê xwe vekir
ji sîorên her-rengpîrozan ne
rêz bi rêz
Xelaya bi got navê " çarenus "
Di başiya keskehayi de
Stuyê xwe şikand
Giyana azadî li xwe xemiland

Bi berhemdariya
Eyd û erafata Mezopotamya
Serê heft bavê tofanan temandin
Zarokên agir û rojê
Rehm li çiyan bişkivî
Stêrk meşiyan li ber
Melodiya "hêvî li jiyan e"
Û
Ji heyama nû herikî
Peymana mezin
Qurala ewil

Dê zarokan nekujin!

2-

Hîşyarî
Kengi ku
Derzikopişto sondê derizî
Û mafê hilma tifalan hate çikandin
Dê peymana mezin xero bibe
Bi dû heyfê
Û tolê bikevin

3-

Zarok
Qertalên bihuştê ne
Bêguneh in
Dê nekujin!
Zarok
zipîzelalên welat in
hechecik in
dê nekujin!
Zarok
Ji heft rengê bûka baranê
Pêk tê
Xeyalên wan
Asoyên wan
Dê nekujin!
pîrê kurdan
di awesteya xwe de gotiye
“mifta sê deriyê cinnetê
Di bîbikên wan de
veşartî ye
dê nekujin!”

4-

Ceribandin
Lê kefareta dest rakirinê
Çûyîna ji kîsê miriyan e
Laneta Xwedê teqez e
Ya evd jî “ qelen “ e

5-

Nebû!
Hêç nebû!
Ma ne ferman hebû!
Lê gumgumokên pêlos tif kirin
Sîh û du diranên sonda giranbiha
Ji dawa m îrovahiyê rijiya
Nirx û gewhera jinê
Hevsenga aramiyê hilweşiya
Gunebozan
Sewa xatirê Zeûs
Xwina belengazan vexwarin
Di sitilên cazûyan de
Ser û piyê wijdanê keliya
Raxistin ber gurêmancoyan

6-

Hawar!
Mirin kirin xelat
Ji zarokan re
Teqemin kirin pêlistok
Ji zarokan re
Dewsa sêzde guleyan dimîne
Li pişta pênc hezar salan
Di bin baskê beytikên birindar de
Li bêhna dergușên xwe
Digerin
Dayikên kezebsot
Hawaaaaaaaarrr!...

7-

Ji bir nakim
Her du çavên xwe dikim xwarin
Ji ajalên dirînde re
Belom
Vê janê tu carî nadim
Gotinê
"biratiya hezar salan!"

8-

Îcar

Nêviyên Asenaya tolê

Çi fêm dikin

Ji peymana mezin!

Pênc pêxember

Û pênc kîtêbên pîrozwer

Gotîne

Ku

Dewsa nizûriyek

Ji zilmê bimîne

Li xêlêk

Li hinarikê zarokekî

Nayê efûkirin

ilelebed

9-

Ez ê niha

Çawa ji bîr bikim

Xezalê ye

Laşê wê

Çengo çengo anin ber malê

Yek tili

Yek dem

Di destê dayika wê de ye

Lê kanî porê wê

Yên reşka kî

Lê kanî çavên wê

Yên zeytunkî

Lê kanî...

kanî...

10-

A niha

Dê çawa şurê heyfê raweste

Di kolana sebrê de

Nabe

Ne gengaz e

Doza tolê dike

Peymana mezin

Ez çi bikim

10'ê Çileya 2010
Zindana Boluyê

Rehm